이제까지 아끼고 사랑해 주신 모든 분과

독자에게 감사드리며……

어은숙

청어詩人選 465

가리산 연가

어은숙 시집

청어

차례

3부

4부

5부   번역시

1부

샘

대숲에 서면

겨울 숲

은비령

자작나무

할미꽃

호박벌

녹색박각시

갈대

단풍의 꿈

품에 안겨

샘

습관처럼 하루를 살다가
지친 가슴
한 팔로 감싸 안아
늘어진 한 팔
버드나무 가지가 된다.

아스라하게 떠오르는 기억
집 가는 길 산모롱이
조용히 숨겨진 맷돌 한 장만 한
샘

구겨진 지푸라기 같은 얼굴로
하늘이 노랗게 보이는 날이면
지치고 배고파 늘어진 가방 던지고
다리 뻗고 몸 내동댕이치던 곳
가랑잎 한잎 두잎 떠돌던
퐁퐁 샘

밤마다 별빛 내려앉아 놀던
샘물 벌컥벌컥 마시며
뿜어내던 한숨

어느 순간
들길 산길 지워진 지도 속에서
너도 있던 자리 잃어
무척이나 방황하였겠지.
네가 먼저 목말라 울었겠지.

지금은 콘크리트 바닥
손가락으로 후벼도 보고
주먹으로 두드려 뭉개도 보지만
부질없이 한숨짓는 기억
그리움으로 그 샘물 벌컥벌컥 마신다.
배 터지도록 별빛 모두 마신다.

대숲에 서면

대숲에 서면
사각사각
맑고 깨끗한 소리 들린다.

기지개 켜듯 쭈우욱
뻗쳐보는 다리
물줄 찾는 뿌리 되고

댓잎 비벼지는 소리에
해면처럼 성글어지는 뼈
청아하고 향긋한 피리가 된다.

쏴아아 물결치는 대숲의 노래
고요히 눈 감고 두 손 모으면
축복의 떨림 안식하는 영혼의 숨소리
꿈결처럼 젖어든다.

겨울 숲

겨울 숲은 추워도 참 여유롭다.
울긋불긋 화려하던 치장을 털어내고
영글어 탐스럽던 열매도 내어주고
잔가지 드러나게 옷조차 벗어버렸다.
허허로이 팔 벌려 바람이 자유롭다.

숨 막히게 들끓던
고독의 한낮을 내려놓고
숲이어도 숨을 수 없는
벗겨진 자유가 그리워
나도 겨울 숲 앙상한 나무가 된다.

은비령

은비령 고운 숲에 산새가 노래한다.
부리에 햇살 가득 물고서
뾰로롱 삐이 삐삐
천지 사방으로 뿜어댄다.
얼음꽃 눈꽃 쪼기도 하고
웅크린 나뭇가지 흔들어 깨우기도 한다.

별빛도 놀러 왔다 얼어붙었나.
은비령 고갯마루에 서면
낮에도 별들 속삭임 들리는 듯
반짝이는 하이얀 세상
신선이 다녀가셨는지
눈길 위에 살며시
바람길 그려져 있다.

자작나무

눈꽃 덮인 자작나무
금강석 햇살 두르고
눈 이슬 축복 내리며
기도하듯 하늘 향해 곧게 서 있네.

꿈꾸듯 타오르는 사랑 꽁꽁 안고
차가운 북쪽 나라 바람 찾아오면
희고 빛나는 살결
사랑의 언약으로 내어준다지.

올곧은 의지
흐트러짐 없는 자태
정념에 물들지 아니한 시간
하얀 눈 속에 금빛처럼 반짝거리네.

새벽노을 서서히 아침 깨울 때
너를 껴안고 사랑 노래 부르리.
긴 기다림 끝나는
벅찬 이 기쁨을.

할미꽃

보는 이 없어도
부끄러워 고개 숙인
수줍은 미소 할미꽃

솜털 벗지 못한 채
무덤 가 홀로 앉아
그리움만 가닥가닥 풀다가

하얗게 늙어버린
붉게 애타던 할미꽃

호박벌

꽃 속에 숨겼네.
노오란 호박벌 궁둥이

한 번 흔들면
과일이 우수수

두 번 흔들면
내 마음이 우수수

녹색박각시

연노랑 무늬 녹색박각시
빠른 날갯짓 화려한 춤 솜씨
뾰족한 대롱 매달고
이 꽃 저 꽃 날아다니며
온통 자기 자랑을 한다.

어찌도 그리 부지런한지 쉴 틈도 없이
온종일 꿀만 빨고 다닌다.
꼭 바람둥이 같다.

벌새도 나비도 아닌 것이
새처럼 벌처럼 행세를 한다.
그래도 꽃들은 좋아라 한다.

나방이면 어때
춤도 잘 추고 열매도 맺게 해주는데
하하하
꽃들은 본질에 충실하다.

갈대

갈대가 약하다고요?
천만의 말씀!
비바람 태풍에도 쓰러지지 않고
여린 바람에도 몸 맡길 줄 알지요.

여자의 마음이 갈대라고요?
예, 맞아요!
언 땅 벌판에 꼿꼿이 서서
달려온 바람 반기며 빗질도 해주고
그대 품에 부서지는
뜨거운 순정도 있답니다.

갈대가 약하다 하는 당신
그대는 정녕 온 마음 다해
누군가를 위한 인고의 시간
견뎌본 적은 있으셨는지요?

단풍의 꿈

무성한 청록빛 나뭇잎
푸른 가을하늘 담고
화려하게 단풍 물들었다.

대지와의 진한 포옹
자유롭게 뒹굴 그 날 위해
폭염과 태풍 견뎌온 가쁜 숨 고르며
산산한 가을바람에 몸 씻고
살포시 눕는다.

서리와 흰 눈
윙윙대는 겨울바람
자장가 삼아 잠들다가
작은 씨앗 눈 비비는 어느 봄날
생명의 기운 붉게 뿜어주며
축복의 새날 맞이하고픈
가을밤 단풍의 꿈

품에 안겨

너럭바위 베개 삼아 숲 그늘에 누워보니
솔바람 살랑살랑 아롱아롱 금빛 햇살
새소리 물소리는 한마음으로 노래하네.

마음이 가난하여 놓지 못한 근심 걱정
자연의 품에 안겨 욕심을 벗고 보니
비움과 겸손의 짝이 감사와 행복이네.

만상에 담긴 비밀 어찌 다 알랴 만은
넉넉한 이 마음이 자연의 축복이요
물아일체 하나 됨이 삼매요 해탈일세.

2부

나의 고운 임

고운 임 내게 오실 땐
나만이 들을 수 있는 소리 들려주십니다.
먼 옛날 가물거리는 기억조차
살뜰히 보듬어 안고 오시는 것이
꼭 소복한 눈길 밟는 소리 같습니다.

사뿐사뿐
춤추듯 다가오시며
아지랑이처럼 일렁이는
형형색색의 꽃길 보여 주십니다.

기차를 타고 가다 터널 지날 때
밖을 바라보던 창 나를 보는 거울 되듯
내 안 바라볼 때
내 임 만날 수 있습니다
부모님, 형제, 선생님
햇빛, 별빛, 달빛

세파에 흔들리는 발자국마다
꽃씨 뿌려주시던 고운 임
돌아보아야 만날 수 있습니다.

그립습니다

까맣게 잊고 살다가
문득 떠올라
눈물 솟습니다.

책장 한편에 모셔두었던
어머니.
당신의 영정사진 보며
아프실 새도 슬퍼하실 틈도 없이
아침을 여셔야 했을
당신 모습 떠올라

마음으로 하얀 꽃 한 송이 바치며
삶의 의무를 견딥니다.
오늘을 걸어갑니다.

당신을 보면

당신을 보면
어릴 적 부엌에 뒹굴며 손때 묻은
바가지 생각이 나지요

물을 푸고 솥을 긁고 곡식을 달고
시래기 같은 건지들을 삶아 올리며 날 저물고
먼지 찌기 검댕이 재 묻고 홈 파이고 할퀴어진
누르뎅뎅한 거뭇한 바가지 생각이 납니다.

언제나 아무 때나 어느 구석에서라도
숨죽여 기다리며 홀대를 견디며
먹이고 입히며 생명을 키우시던 어머니
삭아버린 밥풀처럼 끈기 없는
푸석한 바가지 생각이 납니다.

대문 넘어 드는 액운 밀쳐내며
온몸으로 깨어져 부서지던 소리
바가지 밟히던 소리
그 소리
당신이 떠오릅니다.

그대와 나

땅, 하늘 그 사이
속속들이 엮어진 그대와 나

말 아니 하여도
가슴에 물결치는 따스함
눈 감아도 떠오르는 모습

맑고 산뜻한 깊은 골 샘물 같은
새벽 꽃잎에 머무는 영롱한 이슬 같은
그대 음성

서로 바라만 보아도 좋은
그대 그립다.

옥잠화 사랑

언덕 위 낡은 집
마당 한쪽에 옥잠화 심었다.

개나리, 진달래, 목련 피고 지고
앵두꽃, 벚꽃, 산수유꽃 잔치 벌일 때
수줍게 돌돌 잎새 말며 자라는 꽃

천둥 번개 장대비 맞아
잎새 찢기고 흙 파여도
묵묵히 새잎 키우며
굵게 뿌리내리는
든든한 아버지 같은 꽃

불볕 태양 아래
노랗게 속 타들어가도
응애나 진딧물에게
잎살 한 모금 내주지 않고
마음 곧게 기어이 꽃잎 여는
사랑 지켜온 당신 같은 꽃

초가을 달빛 고운 밤이면
향기 더욱 맑고 아름다워
온밤 하얗게 행복에 젖는 기쁨
내가 닮고 싶은 꽃

해변을 걸으며

홀로 바닷가 걷는다.
세월 끌고 온
수많은 모래 발자국
뒤돌아보면
지나온 시간들 파도에 쓸려
수평선 너머로 흔적 없이 사라지는데
보내지 못하는 기억들
가슴 속에 박혀 아파라
물빛 젖은 초록빛 순간들
하늘 끝닿은 새빨간 저녁노을 같은
이 아쉬움은 어이 하나

물 같은 사랑

사랑이 꿀맛이라면
정은 물맛 같은 것이라 하던데
나는 오늘
물맛 같은 그런 사랑이 그립다.

슬며시 기댈 수 있는 어깨
꼬옥 잡아주는 손
슬픔으로 그늘진 마음 감추지 않아도 좋을
조용한 눈빛

가슴 시원한 샘물 한 움큼
그 물맛 같은 사랑
오늘 몹시도 그립다.

안개 속에서

부드러운 이슬방울
촉촉하고 상쾌하다.

빛의 세상에서 떠돌던 이방인
안개 속 세상에선 황홀한 자유인

홀로 된 자들의
외로움 얼룩진 상처
뽀얗게 감싸주는 붕대

안개에 잠겨
오랜 기억의 계단 밟으며
고향 꿈길을 찾아 걷는다.

봄비

언 땅 새봄맞이 목욕하라고
봄비가 자박자박 밤새 내린다.

아기가 엄마 젖 빨듯
쪼옥쪽 빨아 삼키는 생명의 단비
메마른 씨앗 첫 숨길 열어준다.

아침이면 개울가 버들가지
발그레하게 물올라 있을 것 같다
쭈우욱 기지개 켤 것 같다.

폭신폭신한 설레는 마음
왠지 멋진 사랑이
살며시 발꿈치 들고 찾아올 것 같다.

꽃샘바람

한차례 봄비가 내렸다.
연노랑 물기 오르는 가지 끝
톡톡 꽃눈이 튼다.

봄은 너무도 빨리 떠나리라는 것을
꽃들은 알고 있다.

서둘러 꽃봉오리 벙그는데
시샘하듯 써늘한 꽃샘바람

그래도 꼬옥 끌어안고픈
꽃들의 봄
꽃들도 청춘이 있다.

3부

이렇게 살고 싶어

지친 내 삶을 쉬게 할
작은 흙집 하나 생긴다면
뜰 앞에 잎 넓은
파초 한 그루 심으리.

빗방울 후드득거리는 소리
우박이라도 던져지면
감당하지 못할 욕망 때문에
응어리진 어두운 가슴 벗으리.

모든 거짓 사슬들 던져버리고
한 그루 나무가 되리.

불꽃놀이

새들도 쉽게 오르지 못하는
미사일 탄두 닮은 높은 집
하늘로 땅으로
쉴 새 없이 쏘아대는
화려한 불꽃

궁전 같은 천상의 감옥에서
끝없이 날아오르려는
욕망의 날갯짓

그러다가 비늘처럼 떨어져 내리는
이카로스의 백일몽

왜 눈물이 날까

구름 꽃 피어오르는
푸르른 산의 아침
가슴이 뭉클하다.

키 작은 나무 넝쿨 사이
달걀만 한 새둥지

비에 젖은 좁쌀만 한
노란 부리 아기 새 두고
어미 새는 먹이 찾아 떠났다.

남은 햇살 드리우는 계곡의 저녁
생명의 끈 이어 보려 애쓰는
돌 틈 개구리들
과악 꽉 걀걀 울어댈 때

낚싯대 낚아채며 손맛에 환호하는
기름진 얼굴
미끼에 걸려 꿰어진 입
파르르 떨며
그물에 갇히는 물고기

나는 울컥
눈물이 난다.

새벽, 비 내리면

새벽부터 비 내린다.

그래도 일하러 갈 곳이 있으니 몸을 일으킨다. 가족의 따스함 무거움 한꺼번에 밀려온다. 찬밥 한 덩이 빗물에 말아 먹는다. 밥은 알알이 생쌀이 되어 식도와 위를 긁어 내며 치유되지 못한 상처 딱지들을 뜯어낸다. 목으로 혓 바닥으로 아릿한 통증 올라온다. 아! 아프다.

허락된 노동의 대가와 현재라는 시간

그 속에서 나는 사랑을 하고 행복을 캐내려 애를 썼지.

활시위에 얹었던 희망의 화살들 지금은 사라진 꿈의 전 사들

빗줄기처럼 부서져 내린다. 바닥에서 뒹굴며 몸부림 친다.

내 위가 고통스러워하듯이

해운대 바닷가에서 보았다, 바다도 상처가 있다는 것을.

쏟아지는 빗줄기 뿌옇게 거품 뿜어대며 거칠게 튕겨내 던 모습을

치유 받지 못한 상처를 가진 자에게 비는 내리는 것이 아니라

솟구쳐 오르려 한다는 것을.

언젠가 비는 그치겠지만 지금은 멈출 수 없는 고독의 시간

삶은 면죄부 없는 의무, 그걸 알면서도 나는 여전히 사랑이라는 우산을 찾는다.

젖을 것 뻔히 알면서 마른 옷을 주워 입는 아침

다시 일어선다.

아! 통증이 또 시작된다.

역류성식도염이 심해졌나 보다.

비 오는 날은 모든 것이 중력을 거스르지 않았으면 좋겠다.

천천히 좀 더 부드럽게……

내 남자의 발바닥

말굽에 박힌 편자 같은
딱딱하게 굳은살 박인
내 남자의 발바닥
마르고 갈라져 꼭 피가 날 것만 같다.

자식으로
남편으로
아비의 책임으로 살아온
인고의 나날들
고독한 싸움

아! 얼마나 힘들었을까?

인생은 롤러코스터

재미있게 기어오르던
어릴 적 미끄럼틀

번지점프 타는 젊음
스릴 만점 큰소리쳐도
추락 속도는 눈 깜짝할 새

가족 함께 놀이동산 청룡열차 타면
올라가고 내려가고 비틀리고 회전하고
아찔아찔 와아 악
어느새 출발선으로 돌아와 서네.

배낭 하나 메고 오르는 노년의 산길
마음은 숲 사이 조각하늘 찾아 떠도는데
굴곡진 바닥에 후들거리는 다리
조심조심 원점으로 끌고 오는
인생은 롤러코스터

낙엽을 쓸면서

낙엽은
외로운 것이 아니다.
낙엽은
갈 길을 잃은 것도 아니다.
낙엽은
바람을 타고 도는 자유를 얻은 것.

생명의 고귀한 의무 오롯이 마친 자
그대만이 누릴 수 있는
승화된 기쁨 너울거리는 환희의 춤사위다.

몇 푼의 돈이 아쉬워 희망근로 거리청소에 나섰다.
대비를 끌고 걷는 발걸음 스윽 슥, 턱 터덕 생각의 조
각들이 따라붙는다.
쓸어도 돌아서면 날아와 앉는 낙엽들
매 순간 솟구치는 골수 가득한 망상의 찌꺼기와 너무
닮아있다.
화라락 허공에 대고 비질을 해댄다.
맑은 아침을 휘젓는 혼탁한 먼짓가루 내가 내쉰 숨결
들이다.

대비를 고쳐 쥐고 꽁초와 낙엽과 뭉개진 쓰레기들
벅벅 긁어모아 쓰레기 봉지에 쏟아붓는다.

일체유심조라!

날리는 이 낙엽들
오늘은 희망의 꽃비로 맞으련다.
아! 후련하다. 난 오늘이 참 좋다.

난지도(蘭芝島)

아름다운 난초와 영지를 따서
이름 지은 한강 하류 난지도
한동안 그 이름과는 다르게
썩은 냄새 풍기던 쓰레기 더미 난지도

이제는 푸른 숲 무성하고
꽃들이 피고 지고
강물 기대며 쉬어가는 곳

나는 언제쯤
번뇌의 쓰레기 털어내며
맑은 바람 한 줄기 피워내려나
마음 한구석
시원한 샘물 한 줄기 흐르게 하려나

바다 앞에 서서

잘 삶아진 선지 같은
갯벌 갈라진 틈새 사이로
미끄러지듯 눈물 흘러내리고

어머니 가슴같이
밀물 다가와 감싸주어도

가야 할 내 삶의 길
누구도 대신할 수 없음에
가슴 해풍에 흔들리며
오늘도 나 바다 앞에 서 있네.

죽음을 위한 서시

나는 꿈을 꾼다.
히말라야산맥 어느 깊은 곳
나의 주검을 앞에 놓고 조상과 하늘의 신께 자연에게
육신의 마지막 외투 벗어 흔들며
있을지 없을지도 모를 영혼 흩날려 보내는 것을.
나의 살점과 녹아내릴 고름들과 한때 향기로웠던 머리
칼들이
대지를 향해 숨 쉬며 두 팔 벌려 노래하듯 삶을 마감하
기를.
죽음의 순간을 놓치지 않고 알아차림 하면서
사랑과 감사를 보낼 수 있기를.

그리고

나는 다시 살고 싶다.
절망과 회한으로 물들여진 시간을 떠나서
고뇌하는 청춘 삶에 지쳐 몸부림칠 때
따스한 봄볕 귓가에 속삭이는 한 줄기
부드러운 대지의 숨결로 거듭나고 싶다.

수의를 지으며

치자열매 고운 물에 베를 삶아
햇빛 달빛 새벽이슬로 결 고르며
품 넓고 매듭 없는 수의 짓느라
온 밤을 밝힙니다.

바느질 한 땀 한 땀
봄 바다 반짝이는 윤슬처럼
함께한 지난날들 떠오릅니다.

언젠가 나도 떠나가겠지만 지금은
그대 위한 사랑노래
부르렵니다.

떠나는 임이시여!
들숨과 날숨에 조바심치던 마음
이승의 무거운 짐 모두 벗으소서.
흙과 물과 불과 바람
모든 인연 편안히 지나가게 하소서

노오란 날개옷 곱게 입으시고
치자 향기 날리며 천상에 오르소서!

위령기도를 들으며

아직은
영원히 잠들었다 말하지 마라.
꽃수레 단상 높이
나 의젓하게 올라앉아
그대들 굽어보노라.

누가 시간을 금 그을 수 있겠는가.
생명의 경계를
어찌 죽음이란 단어로
다 설명할 수 있겠는가.

오로지 태초부터 시작된
뫼비우스의 띠

나는 지금 생명이라 말하는 너울
슬쩍 벗어들고 너희가 삶이라 이름 한
무대 저편에서
리허설 없는 공연 말없이 바라볼 뿐

흐느끼듯 이어지는 위령기도 소리는
날카로운 사금파리
회한과 미련 도려내라 호소하는데

기도하는 그대들은
자꾸만 가라 가라 하네.
붙잡으며 떠나가라! 노래하네.

4부

바람의 자유

산에서 들에서
바다에서 부는 바람
사람들은 살살 달래가며
부채로 가져왔다.

사람들 그 부채 좋아하더니
허락도 없이 쌩쌩 선풍기 돌리고
에어컨 리모컨까지 만지작거리며
바람의 체온 올렸다 내렸다
제멋대로 한다.

내 영혼은 바람처럼
자유롭고 싶다 외치는데
바람아, 너는 너 본래의 바람처럼
자유롭고 싶지 아니하냐?

향연

삶이 뭐 그리 의미 있느냐고?
글쎄, 아무튼 대단한 존재의 활동인 것은 분명하지.
꿈틀거리는 이 육신
수억 수조의 생명세포 덩어리

미네랄워터를 마시며
오방색 갖추어진 식탁에선
불로불사 꿈꾸듯 향연이 한창인데
과잉영양에 버거운 임자 몸
오늘도 희로애락 쏟아내고 있지.

벼룩시장

벼룩시장 가면
바닥에 누운 낡은 시계들
제멋대로 거꾸로 돈다.
시커먼 옷 걸친 중노년 사람들
꾸역꾸역 모여들고
골목마다 기웃거리는 눈빛이
추억을 더듬는다.

벼룩시장은
고단한 삶도 낭만이 된다.
녹슨 청동대야에
복더위 등물하던 옛날 떠올라
뱃속까지 서늘해지고
빛바랜 그림 속 여인도 아리따워
발걸음 느려진다.

멸치 한 마리 고추장 푹 찍어
입에 넣고
막걸리 한 잔 꿀꺽하고서
지폐 한 장에 넘쳐나는 흥겨움

끊어진 기타 줄,
흔들리는 뽕짝 음악 소리에
다리라도 덜덜덜 떨어 보는
벼룩시장에 가면
나도 특별한 골동품이 된다.
세월의 먼지들조차
햇빛 반짝거리는 보석이 된다.

아침 바다

바다가 들어온다.
땀에 전 비릿한 바다 냄새
여명에 흐릿해진 불빛
흔들거리며 기울어진 뱃전
한시름 숨 돌리는 포구의 아침
소금기 젖은 몸 끌고 가는 아낙
따라가는 괭이갈매기

인생은 달콤 짭짤하대요.
미아 앙, 미아 앙
노래하지요.

도심의 밤

잠 못 드는 도심의 밤
먼지 젖은 밤안개 드러누울 때
빌딩 숲 누비던 발자국들
갈지자걸음 되어 흐트러지고
생존의 사슬에 매여 끌리던 육신
사랑 번지는 골목에서 홀로 출렁거린다.

술잔에 어리는 대양의 물결
안주 삼아 씹어보는 한 자락 꿈
명멸하는 불빛을 쫓아 팔 뻗쳐보는 그대
한 마리 부나비
여명에 가루 되어 사라질지라도
환상 같은 이 밤이 좋구나!

희나리 타는 연기처럼
흐느적거리며 건너가는
회색 도시
깃들 곳 없어 방황하는
외로운 새벽의 눈동자

몽돌해변에서

파도에 씻긴 몽글몽글한 몽돌
고요히 바라보면
밤송이 같던 감정의 촉수들
슬며시 무뎌진다.
파도에 밀려온 애증의 그림자
자갈자갈 돌 닳는 소리에
거품 되어 부서진다.

황혼 물드는 시간
몽돌해변에 서면
어두운 기억창고 문 열리고
물소리 바람소리
밀려왔다 사라지면
용서할 수 없는 것은
아무것도 남아있지 않다.

딱새

번잡한 도시 싫어
숲속 작은 터에
농막 한 채 짓는데
딱새 한 쌍
봄바람 사랑하더니
작두 받침대에 살며시 둥지 틀었다.
알을 까고 이소를 하였는지
솜털만 소복이 남기고 떠났다.

한더위 밭일에 겨워
흐르는 땀 식히려
냉동 창고 문을 여는데
창고 틈새 구멍에
딱새의 둥지가 있었다.
먹이 사냥에 너희도 지쳤나 보구나.

추운 겨울은 다가오고
칼날 같은 세상
얼음 같은 세상
미련 버리라 가르쳐 주며
또다시 떠나버린 딱새
지금 어디를 날고 있을까.

조용한 이웃

솔숲 양지바른 산자락
조롱조롱 매달린 참외 같은 무덤들
노오란 햇빛 아래 깜박 잠드는데
수선스러운 이웃 찾아와 어깨 흔든다.

"나 예서 살다가 죽을 겁니다."
막걸리 한잔 '고수레'
산신령님께 인사 올리면
솔바람 한 줄기에 힘 솟는다.

여름이면 풀숲에 숨어 지내다가
다 저문 가을 되어서야
'나도 살고 있다오'
모습 보여주는 이웃

천년만년 살 것처럼 집 짓고 터 갈다가
힘겨워 허리 펴고 고개 들면
누런 멧장 머리에 이고 앉아
조용히 말 걸어오는 이웃

쉬엄쉬엄하세요.
나무들의 이야기 들어주고
빗줄기 슬픔도 안아주고
눈처럼 곱고 깨끗한 사랑으로 살다 오셔요.
서둘지 않아도 기다려 줄게요.

가야 할 인생 종착지 분명하게 알려준다.

더덕 향기 피어나는 고운 올 숲
상서로운 기운 가득한 옥대 마을
시간은 더디 흐르고
마음은 깃털처럼 가벼워지고

나도 조용한 이웃이 되고 있다.

밤의 교향곡

밤은 교향곡
보이는 것 하나 없어도
온갖 생명의 소리 요란하다.

가만히 귀 기울이면 알 수 있다.
요란한 것이 아니라
아주 질서 정연하다는 것을
침묵과 합창 적절히 배치하고
자신의 소리 숨기지 않으며
고저장단 잘 섞어가며 반죽을 한다.

경적 소리 요란한 바쁜 사람들처럼
고함도 비명도 지르지 않지만
잎새를 열고 짝을 짓고
새끼를 낳고 사냥을 한다.

가만히 정말 가만히 귀 기울이면 알 수 있다.
생명의 외침
충만한 환희
밤에만 들을 수 있는 사랑의 교향곡
삶의 향연인 것을

그 소리
참으로 듣기에 좋구나.
정녕 고귀한 생명의 물결이구나!

선우사의 밤

가랑잎 속삭이는 바람 소리
솔가지 빗살 친 창가
내려앉는 달님

계곡 기슭에 잠 청하던 이슬
밤안개 되어 피어오르면
풍경 소리 반겨 맞는
품 너른 절집 마당

산 너머 또 산 너머 아래
깜빡이는 불빛들 도시의 불빛들
쉬고 싶어 오르고 싶은
선우사의 깊은 밤

밤의 산

별 총총
검은 산 가득
내려앉은 밤의 정적

속으로 속으로
땅속 저 낮고 깊은
생명의 용트림 꿈틀대는 그곳으로
한 낮의 갈증과 고뇌를 풀어놓는다.

주름진 시간 편편해지는
어둠의 흐름을 따라
하늘과 맞닿아 넓게 드러눕는
밤의 검은 산

신비한 침묵으로 우뚝 다가와
훌쩍 품에 안고
밤의 궁창 속으로 사라져간다.

내 고장 영주

소백산 천년 주목 백두대간 힘찬 능선
눈 비 바람 아랑곳없이
푸른 절개 지켜내고

단풍 고운 굳은 기상 옥대를 두른 듯이
선비의 너른 품
영주를 감싸 안았네.

발갛게 물든 사과 단물 고이면
은행잎 쥘부채 삼아 시 한 수 띄워보네.
단아한 그대 모습 고운 임 그려보네.

의로운 사람 되어 살고 싶은 곳
정과 덕이 넘치는 풍요의 고장
자랑스러운 이곳 내 고장 영주

연화봉 철쭉 고운 미소
분홍빛 뽀얗게 피어오르면
능선에 드러눕는 야생화 무리

아침 해 넘실넘실 솟아오르면
청록빛 수목들 기쁨이 넘실넘실
웅대하고 푸근한 소백산 품속

이슬 머금은 향긋한 바람
비로봉 기대앉은 구름이 되어
광명 부처님 숨결에 잠이 드네.

떠가는 구름 같이 흐르는 물과 같이
지친 삶 눕혀도 좋을 상생의 터전
따뜻한 내 고장 영주가 좋아라.

영주 희방폭포

희방사 동종 소리 옷깃 여미면
가슴 속 파고드는 신비한 물소리
우람한 산울타리 깊게 숨어서
번뇌에 젖은 영혼 씻겨주는
호쾌한 물줄기 맑고도 눈부셔라.
한 마리 용이 솟아오르려나.
영주 희방폭포 희방폭포

연화봉 깊은 골 쏟아지는 폭포
허공에 구르는 아롱진 물안개
나는야 넋 잃은 한 마리 사슴
속세에 아픈 마음 달래주는
청량한 물줄기 달고도 시원해라.
오색 빛 무지개 타고 천상에 오르려나.
영주 희방폭포 희방폭포

5부

번역시

가리산 연가 - 봄

한석산 고개 올라서면
대청봉 반겨 맞는 가리산 영봉
우뚝 솟은 침엽수 사이
무지개 담은 이슬
소리 없이 쏟아져 내린다.
포장된 도로를 지워버리는
하늘 바람 나무
먼 길 달려온 속도만큼
거꾸로 흐르는 시간

산자락부터 피어오르는 푸른 잎새
능선 오르다 지쳐 쉴 때쯤
구름인 듯 잔설인 듯
암벽에 기대선 산양 가족
늦은 오월을 노래하며
긴긴 겨울을 잊는다.

햇살도 쉬어가는
아롱진 골짜기 돌아서면
때 묻은 발소리 사람 냄새에 놀라
둥지 떠나는 산새 풀벌레들

우산 같은 머위 잎 그늘에 숨겨진
향기로운 맑은 옹달샘
잠시 빌려 쓰자꾸나

너희 뜰 안에서
영혼 새롭게 피어나고파
세속의 겨울 벗어던지며
가지 마라
가지 마라
안타깝게 붙잡아보는
가리산의 짧은 봄

Gari Mountain Love Songs - Spring

Scaling Hansuk Mountain, I see

the sacred mountain peak of Gari greeting

Daecheongbong Peak.

Among the needleleaf trees that stand high,

dewdrops nestling rainbows

fall without a sound.

The sky, the wind, the trees

erase paved roads to the mounts.

Time seems to flash backwards

all along the distance from there to here.

Green foliage vegetates from the foot of the

mountain.

I rest my weary bones as I clamber up the ridge.

Like a cloud or unmelted snow, a family of

mountain goats

lean against the bluff

singing the song of late springtime

to forget the long, long winter.

Entering the dappled ravine,

where even the sunshine takes a repose,

the wood thrush and the grass bugs, startled by soiled footfalls and scents of human,

leave their nests.

Let me borrow for a short while

a freshly scented forest spring

which lay hidden under the umbrella shade of the rhubarb leaves.

Remove the worldly winter

so that my soul may come into bloom again

within your garden.

Never leave,

never leave,

with rue, I hold fast to the fleeting springtime of Gari Mountain.

가리산 연가 - 여름

누가 먼저 하늘에 닿을까 내기하듯
무성한 숲 나무들이 출렁인다.
높이뛰기 할 수 없는 뿌리 달래며
잎새 끝까지 기지개 켜는 가지
골짜기 피어오르는 구름 타고
천상에 오르는 비탈에 선 나무들

불타는 태양빛에 단김 뿜어내다
폭우 쏟아져 내리면
가지 찢기고 홀로 떠밀려
계곡에 섬 되어도
그저 하늘이 하는 일 원망함 없이
청춘의 몸부림만 부르르 떨고 있다.

한밤에도 속살거리는 풀벌레 소리
땅 위에 누워 하늘 바라보면
맑은 바람 한 줄기 흘리며
은하수 건너가는 백조
열병 같은 방황 고이고이 잠재운다.

Gari Mountain Love Songs - Summer

Within the dense forest, the trees sway
as if to vie to reach first the heavens.
Allaying the roots that cannot jump high,
the branch stretches itself to the tip of the leaf.
The trees stand on the ascent to the heavens,
riding upon the clouds
rolling up from the vale.

Down comes a heavy rain.
After breathing out steam under a red-hot sun,
the trees, branches torn away, are plunged into
the waters alone
and each becomes an islet within the gorge.
Still they do not begrudge the heavens,
but only quiver like in a youthful movement.

Lying amid the night whispers of the grass bugs
and gazing upward into the sky,
I see a swan crossing the Milky Way
trailing behind a cool fresh strand of wind.
Then, tenderly, I lay to sleep
my feverish wandering ways.

가리산 연가 - 가을

가을이 왔다고
괜스레 수선 떨지 말자
언제고 다가올 시간이 온 것일 뿐
누런 낙엽을 쓸쓸하게 여기는 이여
결실을 위해 견뎌온 보람을 헤아려 보라

바스락거리는 비늘들은 알고 있다
여린 떡잎이 어떻게 태양을 품었는지
머무를 때와 떠날 때 언제인지 알고
주어진 시간 갈무리할 줄 아는 지혜
나무들은 외롭거나 슬프지 않을 것이다.

유려한 몸매 자랑하는 가리산 주걱봉
제 몸 닮은 노을빛 끌어다 밥을 짓는다.
저녁 안개 김 오르면 알진 열매 톡톡 터지는 소리
보배창고 활짝 열어 차린 만찬
친정집 곳간 인정보다도 넉넉하다.

촛대봉에 북극성 꽂아주는 삼형제봉
모든 것 내어주며 불 밝히는
떠나는 자의 고귀한 의무
숲은 벌써부터 알고 있었다.

Gari Mountain Love Songs - Fall

Let's not raise a needless fuss

that fall is finally here.

It is here what was bound to come.

You who are melancholy at the sight of browning
leaves,

let's count what we weathered to bring all to
fruition.

The rustling pine needles know

how the tender seed leaves embraced the sun.

The trees see when to stay and when to leave.

They have the wisdom to tabulate the time given

and, for this, they are never lonesome or sad.

Boasting its graceful and elegant figure,

Gari Mountain's Jugukbong Peak prepares a feast

with red and yellow hues of the sunset which
mirror its speckled facade.

When the haze from the night mist rises, the pop-
popping sounds of ripe wild berries can be heard.

A feast prepared with the nuts and fruits and

berries from a woodland emporium

   is more grandiose than the generosity and the abundance of my father's warehouse.

   The Three Brothers' Peak pins the North Star upon Chotdaebong Peak.

   The forest already knows

   the honorable dues of the departee

   who yields all that he has to shine a light for others.

가리산 연가 - 겨울

티끌 하나 없이
뽀오얀 빛 흩날린다
어둠 속에서

마을
숲
하늘

모두 하나 되어 돌고 있다.
천지가 한 몸 되는 통일의 시간

눈 그친 은빛 세상
찬란한 햇빛 비칠 때
영점 사격장 과녁 뚫는 소리

탕!

적멸인(寂滅忍)*

*모든 번뇌를 끊은 열반에 안주하여 마음을 움직이지 않는 단계.

Gari Mountain Love Songs – Winter

A pearly white light
gleaming immaculate
flickers in the dark.

A Town.
Forest.
Sky.

Coming together as one, it spins and twirls.
It is the time of coalescence in which heaven and
earth become one.

The world shimmering silver after snow falls,
glistens under the radiance of the sun.
At which, one can hear the target being pierced at
the zero range.

Crack!

Nirvana.

광성보에서

흰 무명옷 병사
우리 아버지들의 아버지들

순결한 우리 민족 지키려
몸부림치며 싸우다
무참히 쓰러지던 그때
갑곶돈대 탱자나무도
제 몸 가시 찌르며
울며 서 있었을 것이다.

달빛은 구름 덮여 불그레하고
바다 안개는 점령군처럼 피어오르는데
신미년 유월 그날처럼
콰르르르 철썩 콰르르르 철썩
강화 해협
오늘도 울고 있다.

구국의 불길로
일심선 부채에 이름 새기던
임들의 호국 정신
민족의 거룩한 생명의 얼

소용돌이치는

손돌목, 울돌목 사나운 물결

그날을 생생히 부르짖는다.

*광성보: 인천광역시 강화군 불은면(佛恩面) 광성나루(광성진)에 있는 성보(城堡). 사적 제227호, 1871년 신미양요 때 가장 치열했던 격전지로 어재연(魚在淵) 장군과 함께 모든 병사가 치열하게 싸우다 전원 순국하였다.

At Gwangseongbo Fort

Soldiers in white cotton clothing
were our fathers' fathers.

The moment they brutally fell,
during their desperate but brave struggle
to safeguard our virtuous people,
the hardy orange tree on Gapgotdon Watchtower
stood weeping
piercing itself with its thorns.

When the moonlight burned blood-red under the
clouds
   and the sea fog rose like the occupation forces,
   the waves of Ganghwa Strait,
   like on that fateful day in June in the year of the
white goat,
   roar - rumble, splash, rumble, splash and wail
even today.

Those who carved their names upon the folding fan
in a like-minded patriotic spirit to save our land,
the sacred spirit of our people.

The ferocious waves of Sondol and Uldolmok Straits
eddy and swirl and roar
in vivid remembrance of that day.

시를 쓴다는 것은

시를 쓴다는 것은
천둥 번개 비바람에
흙탕물 돼 버린 샘물
가라앉도록 가만히 기다리는 것

맑은 샘물
동동 숟가락으로 떠
달빛 솔바람 그리움의 눈물 한 방울
툭!
함께 그릇에 담아
내 마음 들여다보는 것

To Write a Poem

To write a poem

is

to wait,

without sound, without movement,

for the spring water muddied by thunder, lightning, wind, and rain

to settle.

And to scoop a spoonful of the clear spring water,

into which

fall

a drop of tear longing for the moonlight and cool breeze.

Plip, plop!

To gather them all in a bowl

and peer inside my soul.

알래스카의 별밤

별빛 그득한 북극의 한밤
옛적 인디언 기도하던
축복의 염원 뭉치고 뭉쳐
오롯이 쏟아붓는 빛의 회오리

발자국 없는 언 땅 호수 위에서
어릴 적 겨울 떠올라 몸 뒹굴고
눈꽃바람에 등 떠밀려 창공을 날면서
환상의 빛 커튼 틈새로 천국을 엿본다.

코끝 아리다 못해 가슴 후벼파는
북풍 칼바람에 온몸 맡기면
묵은 톱니 사이 절어 붙은 기름때
고질병 같은 일상의 권태 뜯겨나간다.

하늘 우러러
오로라 폭포수 맞으며
새롭게 더 깨끗하게
삶을 씻어낸다.

Alaskan Nights

Upon the Arctic night sky overcrowded with stars,
the ardent prayers of blessing
of an American Indian from times past
forms a gushing whirlwind of light.

Upon a frozen lake and land
where no footsteps can be found,
in memory of childhood winters, I roll and glide.
Soaring the azure sky with the snowy wind
behind my back,
I peer into heaven
through the folds of a shimmering curtain of
celestial light.

By releasing the whole of myself
to the cutting northerly winds
which more than nettle the tip of my nose,
but gouge out my heart,
the chronic malady of pedestrian ennui
which clings slick to a decaying cogwheel like
grease
is torn away.

By gazing skyward
under the milky waterfall of aurora,
I cleanse my life
immaculately anew.

알래스카 흰머리수리

만년설 눈물 흘러내린
태초의 은빛 세계
고요한 일렁임
자연이 숨겨놓은 비밀

미끄러지기도 아까운
티 없는 빙하호 한가운데
찍어 누르듯 발톱 세우고 선
흰머리수리
눈 부릅뜨고
깜박임조차 잊은 채
천지를 응시한다.

살아 숨 쉬는 건 오직 회오리치는 북풍
칼산 바위를 돌며 폭포 찢어내는데
생존이란 비장한 의무를 안고
혹독한 눈보라 쏘아보며 마주 선 너는
삶의 구도자, 전사!

Alaska Bald Eagle

The world shimmering silver from glacial tears
since time immemorial,
the serene undulation,
the secret kept hidden by nature.

At the heart of an immaculate glacial lake,
too precious over which to glide lest one leaves a
mark,
stands a bald eagle with his talons drawn.
With piercing eyes, he glares at the heaven and
earth,
as if he has forgotten to blink.

The only thing that lives is the whirling Arctic wind
which coils around the boulders of an icy
mountain and rips out a stream of water.
Standing face to face with eyes ablaze against a
relentless tempest of snow,

you who must shoulder the sublime duty that is
survival
are a seeker of life, a warrior!

빙하의 바다

빙하 떠도는 바다에 들어가
살며시 해달을 안고 싶다.

함께 나란히 누워
배통 두드리며 노래 불러보는 거야.
잠자는 물새 놀라지 않을 정도로
나직하게

물결에 내려앉는 달님은
은빛 너울로 우릴 감싸주겠지.
평화는 빙하를 타고
꿈꾸듯 태평양에 녹아들겠지.

황해로부터 날아온 철새 같은 유랑
차가운 바닷물에 잠재우고
별빛 부서지는 유성에게 소망을 빌며
미끄러지듯 헤엄치는 청어 한 마리

환희의 떨림 넘실거리는
생명 축복의 바다!

The Sea of Ice Glaciers

I long to walk into a sea adrift with ice
and gently fold a sea otter in my arms.
We can lie side by side
as we drum our bellies.
Maybe we can sing a song
softly
so as not to startle awake a dreaming waterbird.

The moon descending down upon the waves
will embrace us in silvery tides.
Peacefulness will ride upon the glaciers
and dreamily fade away into the Pacific.

A vagabond, like the migratory birds from the
Yellow Sea,
slumbers upon the frigid waters of the ocean.
A lone herring skips and glides
as it wishes upon a shooting star.

낙타는 왜 사막을 떠났나

살을 찢듯 뜨거운 모래벌판
돌풍에 허덕이며 고독을
무덤처럼 침묵하는
나는 낙타

선인장 가시 씹으며
굽은 등줄기 긴 그림자 끌고
떠돌던 사막
아득한 별빛

마두금* 소리 바람에 절로 울면
후들거리는 무릎 꿇고
어둠보다 더 깊은 고요를
갈망하며 흘리던 순례자의 눈물

생존의 멍에 메고
홀로 찾아온 방랑의 땅
사막에서도 피할 수 없는
문명과의 다툼

나는 더 이상 나아갈 수 없었다.

먼 광야
끝없이 몰아치는 모래파도
불볕 태양 아래 선 제 그림자에 기대고
밤이면 검은 바다 자유로운 고래를 꿈꾸었었지.

구부정한 긴 목에 하얀 하닥** 걸면
서리 같은 소금기 씻겨줄
차가운 은하의 젖줄 찾으려나.

석양에 물든 엘도라도
신기루 같은 향수 버리고
눈부시게 빛나는 태곳적 본향 찾아***
이 자리를 떠난다.

태양을 뒤로하고
북회귀선을 넘어서
수천만 년 전 떠나온 전설 같은
툰드라 그리워 내딛는 발자국

초록빛 축복, 언 땅 뚫고
동그란 무지개 설산에 기대어 쉬는
그곳 알래스카에서
나 새롭게 거듭나리.

그리고
스스로 고행 떠나는 늙은 선사처럼
혹 등에 바람 한 짐 짊어지고
또다시 삶을 건너가리.

겸허하게 무릎 꿇고 기도하며……

*마두금(馬頭琴): 몽골의 전통 활 현악기로, 말머리 바이올린이라
고도 부른다.
**하닥(khata, khatag): 신과 자연의 평화와 안녕을 위한 축복을 상
징하는 티베트 전통 스카프다.
***선사 시대 낙타는 지금의 북미에서 처음 진화한 것으로 알려
져 있다.

Why did the Camel Leave the Desert?

I am a camel
like a grave which silently bears loneliness
struggling against a gust of wind
under the scorching sun that tears away your skin.

I roam the desert
under faraway stars
trailing a long shadow of a stooped spine
chawing cactus spikes.

I am like a pilgrim
shedding tears of yearning for ataraxia which is
deeper than darkness
trembling and dropping to my knees
as I hear the cries of the morin khuur* wailing in
the wind.

I fight an inevitable battle against civilization
that cannot be avoided even in the desert
a land of meandering
upon which I enter alone under the yoke of survival.

I cannot go on any further.

I dreamt of a whale coasting the black seas each night
    leaning against my shadow under the scorching sun
    as the never-ending waves of sand raged across the vast wilderness.

If I drape a pearly white khata** over my long drooping neck,
    shall I be able to find the bracing lifeline of the galaxy
    which will wash away the frosty stains of salt?

I depart from this place
    leaving behind El Dorado reddened by the sunset
    and nostalgia which appears and disappears like a mirage
    to return to the glimmering primordial land that is my home.***

I take a step forward missing the storied tundra
    from which I departed a myriad years ago

and leave behind the sun
as I cross over the tropic of Cancer.

In Alaska, I will be born anew,
where I can rest leaning against a pied mountain
of snow
which like an emerald blessing sprouts through
the frozen earth.

And I will cross over again to a new life
carrying a bundle of wishes upon my back
like an old priest starting penance
kneeling humbly on his knees and praying······.

*Morin Khuur: A traditional Mongolian bowed stringed
instrument, also known as the horsehead fiddle.
**A khata or khatag is a traditional Tibetan scarf which
symbolizes blessings for peace and wellness from god and
nature.
***The prehistoric camel is known to have first evolved in
what is now North America.

[가곡] 마니산* 순정

진달래 꽃잎 하나
솔바람 타고 와서
내 가슴 가득히
사랑 불 지피었네.
그 사랑 품고 싶어
두 손 꼬옥 잡고
함께 걷던 마니산
참성단 올라서
사랑 맹세하였네.
마니산 순정

쑥 향기 젖은 머리
상큼한 그대 숨결
귓가에 맴돌아
내 가슴 불탔네.
꽃다운 그대 모습
두 눈 마주 보며
함께 걷던 마니산
참성단 올라서
사랑 맹세하였네.
마니산 순정

*마니산(摩尼山): 인천광역시 강화군 화도면에 있는 산으로 마리산 (摩利山)·마루산·두악산(頭嶽山)이라고도 한다. 백두산과 한라산의 중간 지점에 위치한 해발고도 472m의 산. 산정에는 단군왕검이 하늘에 제사를 지내기 위해 마련했다는 참성단(塹城壇: 사적 136)이 있다. 지금도 개천절이면 제례를 올리고, 전국체육대회의 성화(聖火)가 채화된다.

The True Love of Mani Mountain*

Lyrics for a Love Song

A petal from an azalea

floats upon a breeze

and kindles a flame of love within my heart.

To cherish these sentiments,

we hold our hands tightly

as we stroll along the footpath of Mani Mountain

to Chamseongdan

and pledge our love to one another.

The true love of Mani Mountain.

Your hair dewy from the scent of mugwort,

and the crisp sweetness of your breath,

linger at the edge of my senses

and enflame my heart.

Gazing into your eyes and

the blossom of your face

as we stroll along the footpath of Mani Mountain

to Chamseongdan

and pledge our love to one another.

The true love of Mani Mountain.

*Mani Mountain: It is a mountain in Hwado-myeon, Ganghwa-gun, Incheon, and is also called Mari Mountain, Maru Mountain, and Duak Mountain. Located in the middle of Mt. Baekdu and Mt. Halla, the mountain is located at 472 meters above sea level. On the top of the mountain is the Chamseongdan(Historic Site 136) which was designed by Dangunwanggum to offer sacrifices to the sky. Even now, the ritual is held on National Sports Festival, and the torch of the National Sports Festival is lit.

[악보] 마니산 순정

마니산 순정

어은숙 작사
이종복 작곡

진　달　래
쑥　향　기

꽃잎하나   솔바람타고와서   —
젖은머리   상큼한그대숨결   —

내가슴   가득히   사랑불지피었
켓가에   맴돌아   내가슴불탔   —

네 —   그   사 랑 품 고 싶 어
네 —   꽃   다 운 그 대 모 습

— 두손   꼬옥잡고   —   함께걸던
— 두눈   마주보며   —   함께걸던

■ 본문 시 역자

- 정혜연 성신여자대학교 영어영문학과 교수

Translated by Hyeyurn Chung: Professor, Department of English Language and Literature, Sungshin Women's University

■ [가곡] 마니산 순정

- 작곡: 이종록 작곡가

서울대학교 작곡과 졸업
중앙대학교 대학원 작곡과 졸업
전북대학교 음악학과 명예교수
한국작곡가회 상임고문

- 노래: 최윤정 소프라노

서울대학교 성악과 및 동 대학원 졸업
이탈리아 로마 A.M.I 아카데미아 디플로마 취득
서울대학교, 추계예술대학교 등 출강
국내외 성악 전문 연주 활동

- 반주: 김윤경 피아니스트

서울예술고등학교 졸업
연세대학교 음대 졸업
독일 쾰른 국립음대 졸업
하이델베르크-만하임 국립음대 졸업
한국예술종합학교 출강
국내외 반주 전문 연주 활동

*악보와 음악은 어은숙 시인의 블로그와 유튜브,
이종록 가곡집『나 억새로 태어나도 좋으리』(2020년)에 실려 있음

가리산 연가

어은숙 지음

발행처   도서출판 청어
발행인   이영철
영업   이동호
홍보   천성래
기획   육재섭
편집   이설빈
디자인   이수빈 | 김영은
제작이사 공병한
인쇄   두리터

등록   1999년 5월 3일
            (제321-3210000251001999000063호)

1판 1쇄 발행 2024년 11월 10일

주소   서울특별시 서초구 남부순환로 364길 8-15 동일빌딩 2층
대표전화 02-586-0477
팩시밀리 0303-0942-0478
홈페이지 www.chungeobook.com
E-mail   ppi20@hanmail.net

ISBN   979-11-6855-292-0(03810)

이 책은 한국예술인복지재단 2024 예술활동준비금지원사업의 지원을 받아 발간되었습니다.